essa música
não é minha

roberto taddei

poemas

Sumário

#1

istambul, cairo, pequim, moscou, reikjavik, e eu aqui
em frente a uma escola desprezada pelo mundo,
a uma padaria onde assam farinha branca como não houvesse
istambul, cairo, pequim, moscou, reikjavik, em frente
três postes de concreto cinza
cobertos por fungos de mata atlântica
que já não há

— um deles, abandonado, pende para o lado

#2

e também nisso há sofisticação que impede
a melancolia, a nostalgia
qualquer tipo de fetichismo
não
é real demais para ser complicado
é simples

#3

Há no quilômetro 412 da Raposo Tavares, sentido Ourinhos, uma grande propriedade onde se planta cana-de-açúcar. À margem do terreno correm fios de arame farpado presos a estacas pré-fabricadas de concreto. Junto a cada uma delas, um pé de planta qualquer. Quase uma centena. Ultrapassam as estacas em altura, os caules finos, as folhas verde-escuras, uns pequenos chumaços de copa, e flores.

#4

o casal
sobre as folhas secas
do parque central
            tão coloridas em suas mortes
            sazonais

não sentem
moverem-se por eles
os segundos e os elétrons
os soldados, seus exércitos

#5

        carros passam

as pombas da praça
da república voam, pousam

        voltam os carros

e depois voam

        vez ou outra um ônibus
                passa
                e não para

#6

Por um minuto, por entre frestas mal calculadas, um feixe de luz solar trespassa o prédio de leste a oeste e se perde no ar para só se repetir daqui a um ano — se as cortinas não estiverem fechadas, se o dia não estiver nublado, se uma parede não for levantada, se ainda houver alguém sentado aqui.

#7

Um café, um cigarro
você quer partir, você espera
Não sabe se passou mais do que
ainda tem que esperar
Apenas a imensidão
de um aeroporto vazio

#8

São sete graus
e eu um barraco à beira da marginal
    — quando o haroldo fala em anéis de saturno, eu penso na rita
meu barraco cultiva bichos que fazem ninhos de besouros
    ah meu coraçãozinho
incha incha incha
se pudesse diria: eu tenho mãe secretária, eu tenho pai vagabundo
    mas essa música não é minha

#9

helicópteros fazem festa
sobre o meu telhado
que fica no meio do caminho
entre o dinheiro e algum lugar

#10

No meu tempo de menino
quem abrisse a porta
           lá de casa
era sempre um amigo

#11

Nascer é morrer
Depois, o infinito
em todos os sentidos
como uma bola

#12

Às quartas-feiras
levanto e me banho
pensando em Maria

Mas foi bem também a quinta
não vi Maria

#13

algo já é
mas só o tempo
e sua luz
diz

como a lua é
mas ainda
ninguém
viu

#14

dar condição
à morte digna

— à glória, não

destino é o que,
ao morrer, continua

»

entreato

deixa o assento?
toalete?
fuma um cigarro?
masca chicletes?

onde?

*

cresce onde corta cresce outra borda brota mais sete bordas tece

transborda
reinventa cartografias e
de repente

——— sem sistema

*

entretanto cresce
palco coxia plateia foyer balcão I balcão II galeria

sair
acender
abrir
onde?

*

amor

#15

A.
que uma música sem tempo canta
e me segue desde outra dimensão
— perfurada pela paz de aviões
sinto sua voz na ausência
a carne em partes espalhadas
por aí

#16

Na cama azul de luz de lua
cativo e rendido, dormindo como passarinho
a tua menina

Na cama coalhada de cândida
cativa e teimosa e cantando que nem passarinha
o meu menino

#17

você está fechada em uma sala sem janelas e não sei se quando se trancou teve como ver e talvez quando sair já não veja e depois se eu contar vai ser diferente e então agora nesse instante em que falo e que se estende por horas dias ou meses ou enquanto durar o eu falar e você escutar nesse nosso momento uma lua branca e crescendo ilumina toda a cidade em que estamos   eu e você

#18

Só quem conhecia, e era
pouco calado que sabia, achou
normal aquela coisa de vida

Paralisado como não pensasse
naquilo mas de sonho e prece sim
eu vi teu cheiro abrir o dia

#19

eu vendo
como você
pensa
como eu
vejo
você
pensando

uma coisa

#20

a memória como o ter havido um dia e
não precisar mais daquilo

#21

agora, agora
mesmo essa casa

o que quer dizer lua amarela? — e esse perfume, está sentindo?
bolo de fubá! — tão bom ver vocês

é preciso definir
quem afinal mora aqui

#22 (english as a second language)

é preciso aprender a
        give birth
        write a love letter
        ways to pay
        to fight
        — rumors and secrets
            practical jokes
            legal problems
não saber mais da piscina

#23 (M.M.A.)

Uma tatuagem cobre o peito
as costas, a lateral do tronco
e desce a virilha por onde
coxas e pernas se misturam

de cabelos longos em frente
à vitrine da C&A na 24 de maio
ele faz tranças apertadas
da raiz até as pontas

sob o viaduto no
chão de concreto em colchonetes
rasgados treina os músculos e o rosto

agarra e prende entre os membros
o outro que
          espanca
          torce
          sufoca

pisa no octaedro com o calção colorido
põe o protetor de dentes
de luvas cumprimenta o adversário
olha para a câmera
e abre os braços

#24 (yoga class meditation or the great American novel)

Fly the intangible in the sky,
more line, more line,
easily loose
in
@

not

Vanguard is what
you are

#25 (guerra)

Turistas brincam de tirar fotos
casais se beijam
uma dupla passa rápido de patins

Copos de isopor mantêm nosso café quente

O sol traça uma hipérbole no céu
como sempre faz nesta época do ano

Rastros de nuvens cortadas por aviões
                    enxadrizam o céu

Por toda parte nossos metais são detectados
O navio, no Tâmisa: uma fragata

#26 (Regulus)

That's what they did:
they've cut out your eyelids
                    and put you
sat in a quiet place
                    near the sea
they tied your head and
wanted all to be very clear
they told you what they were
about to do, what they're doing
they asked for your forgiveness
and purposely went
                    out of sight
they left you there until
                    the sunset burned your eyes

          that's for you to learn
— they said
          not everyone can
          choose what to see

#27

Just to walk in
a city already done
nothing to conquer, nothing
to demolish
only a place where one
can be
beyond
        it

»

epílogo

Carta a Ute, desaparecida na noite de ontem

São Paulo, 14 de março de 2011, após o café da manhã

Querida Ute,

Desisti de buscar no passado qualquer justificativa para explicar
como vamos vivendo sem poesia neste país esses dias

Poderia me esforçar para dizer como foram feitas as escolhas
da minha geração e as minhas e separar as reativas das reacionárias

Mas você sabe muito bem que as histórias são mentirosas
e eu faria papel de palhaço aqui

A verdade é que não somos nós quem decidimos as coisas, Ute
Fazemos apenas na medida em que nos restam os espaços para tanto

E é sobre isso que escrevo
É o que tentei dizer ontem mas você
tendo estado o tempo todo sob efeito de entorpecentes
não teve disposição para ouvir

Ainda assim é preciso falar sobre essa condição inevitável do poeta contemporâneo
É nos espaços que está a poesia, ou que se forma a poesia, talvez

Como se forma a poesia é questão da qual trataremos outro dia
Falo dos espaços, Ute. Não de quartos ou apartamentos com janelas e vistas amplas
para rios e praias, montanhas ou esquinas com quatro ou cinco cantos
Mas os espaços entre as coisas, especificamente entre os seres,
que é o espaço que se transfigura em tempo, Ute

E tempo é poesia
E é também silêncio

Não tivemos chance, ontem à noite, de conversar sobre o silêncio
Além de nós estavam outros três e imagino que você consiga lembrar
como o fato de estarem mais três fez com que tudo virasse barulho e sussurro

Parece idiota, Ute, mas nem sei como aqueles três apareceram em nosso
quarto àquela hora da noite ou que fim levaram depois que, pela manhã,
quando acordei apertado para mijar, nem você estava mais por perto

É por isso que eu estou escrevendo

A última coisa que me lembro é de nossos dedos entrelaçados
lentamente se desprendendo, e você ria de alguma piada, leve,

enquanto eu ia até a cozinha buscar um copo de água
e aproveitei para ir ao banheiro e da janela que dá para um terreno descampado
nos fundos, onde a vizinha cria galinhas e planta salsinha e erva-cidreira,
eu vi um homem gordo sem camisa andando em direção à porta dos fundos da vizinha

Depois disso já não lembro de nada. Ah, Ute, percebe o que quero dizer
sobre os espaços e de como tempo e silêncio são e por eles se faz a poesia?

Eu sei que você me diria, mas quem se importa com poesia? Você tem
que lembrar, sempre, que poesia é negócio incômodo e, o silêncio etc.

Mas a questão é que, para mim, estar em movimento é que é incômodo
Não quero entrar de novo na questão das escolhas da minha geração e tudo

É como aquela história do monge que, ao se ver preso numa encruzilhada
de formigas a trabalhar na construção de um formigueiro, sob o risco de
pisar involuntariamente em uma delas, preferiu se sentar e esperar até que
tivessem terminado a obra. Não sei que fim tem essa história, não

O problema é que as formigas nunca param de trabalhar. Formigas
não têm espaço, é o que eu quero dizer, e devem ter segurado o monge
sentado por uma eternidade até que ele aprendeu a levitar
sobre a fileira da enésima geração das formigas em um sempre trabalhar

Não quero com isso dizer que penso
que aprender a levitar é a saída
Coisas como essa não se aprendem

Mas não consigo conviver com a ideia de ser obrigado a pisotear as formiguinhas, Ute
Em nome de que, ou de quem, fazemos essas coisas, afinal?

É disso que me lembro querer falar com você na noite passada quando
fui ao banheiro e vi o homem sem camisa no quintal e depois não lembro mais de nada

O ser humano, Ute, eu e você, deve ter o próprio espaço para ser o que é

Eu sei que você jamais faria isso. Mas há de compreender
quando digo que o mundo trata a nós, os poetas, tal qual formigas

Ah, Ute, a questão não é ter razão, esse é o problema. A razão é uma
propriedade privada, sabe, e com o que já se disse sobre a propriedade privada...

Os espaços, Ute, estão sendo tomados, ou roubados, e esse é outro tema,
como disse, e etc. A questão é que ter razão está na razão inversa...

Eu ia agora citar um filósofo,
mas citar filósofos, Ute,
é como usar o controle remoto

ou tomar dinheiro emprestado e nunca mais devolver
Não ter razão e com isso se reconciliar com o mundo,
com as pessoas, com as formigas, é o mesmo que transcender
Porque outra reconciliação não existe, senão em narrativas místicas

E falar em narrativa mística
é o mesmo que colocar uma linguiça
amarrada ao rabo de um cachorro com fome

Tudo isso eu teria dito ontem mesmo se não tivéssemos nos separado antes
daquele homem gordo e suado ter caminhado pelo galinheiro da vizinha,
ter roubado nosso espaço, Ute. Por isso escrevo, na intenção de que
você, após ler esta carta, volte esta noite, ou na noite seguinte,

Para eu mostrar o meu silêncio, e, se você quiser,
você me mostra o seu. Se acontecer de nossos corpos
se tocarem e quem sabe de o meu corpo entrar no seu,
ou o seu penetrar o meu, não sei,

não quero fechar nenhuma questão,
seria o mesmo que nossos espaços
criando poesia, criando novos espaços

Isso justificaria todas as escolhas, os caminhos,
e até mesmo algumas formigas pisoteadas em pensamento

Os espaços, Ute, os nossos espaços, não só o seu e o meu, andam muito
cobiçados estes últimos tempos. O mercado está aquecido, ouvimos dizer

A cobiça, Ute, é que é o mal desse país. Oxalá não sucumbamos
a ela, nunca, e como o monge, aprendamos a pular as formiguinhas

Seu, em tudo o que isso significa,

R.

Os poemas deste livro foram escritos entre 1991 e 2018. Alguns foram publicados anteriormente, parte deles em um blog que mantive com Angélica Freitas, Daniela Osvald Ramos e Virna Teixeira, nos anos 2000, a quem agradeço pela parceria antiga. Outra versão do poema #25 integrou a plaquete digital *Eu vi o mundo e ele passava longe*, de 2005. Os poemas #22 e #24 saíram primeiro na plaquete *International affair*, de 2008. Os poemas #13 e #17 fizeram parte da exposição *Blooks*, em São Paulo e no Rio de Janeiro, em 2007, que teve curadoria de Heloisa Buarque de Hollanda, Bruna Beber e Omar Salomão. O poema "Epílogo" foi publicado pela *Folha de S.Paulo*, no caderno *Ilustríssima*, em janeiro de 2019. Agradeço a Alexandra Moraes pela oportunidade. Devo um agradecimento especial a Alberto Martins e Fabrício Corsaletti, pelas sugestões e leituras. A Josh Bettinger e Rodrigo Savazoni, pela parceria. E a Amanda Lyra, sempre.

Roberto Taddei

Nasceu em São Paulo, em 1975. Publicou os romances *Existe e está aqui e então acaba* (Dobra/E-Galáxia, 2014) e *Terminália* (Prumo/Rocco, 2013). Escreve para o jornal *Folha de S.Paulo* e colaborou com *O Estado de S. Paulo,* além dos extintos *Jornal da Tarde* e *Diário do Comércio.* É coordenador da pós-graduação Formação de Escritores do Instituto Vera Cruz, mestre em criação literária pela Columbia University e editor da revista *Revera — escritos de criação literária.*

Edição e revisão
Bruno Zeni
Capa e projeto gráfico
Sílvia Nastari
Composição do texto em linotipo
George Dimitrov Assis
Impressão tipográfica
João Darc Morais
Acabamento e costura
Júlia Estronioli

Dados Internacionais de Catalogação na Publicação (CIP)
(Laura Emilia da Silva Siqueira CRB 8-8127)

Taddei, Roberto.
Essa música não é minha; capa e projeto gráfico, Sílvia Nastari
1.ª ed. — São Paulo: Editora Quelônio: 2019.
48 p.; 13,5 x 21,5 cm.

ISBN 978-85-93229-51-0

1. Ficção: Literatura brasileira 2. Literatura brasileira: poesia
I. Taddei, Roberto. II. Nastari, Sílvia.

CDU 821.134.3(81) CDD 869.91

Índices para catálogo sistemático:
1. Ficção: Literatura brasileira
2. Literatura brasileira: Poesia 869.91

Editora Quelônio

Rua Venâncio Aires, 1072
Vila Pompeia
05024-030
São Paulo - SP
www.quelonio.com.br

Este livro foi impresso e costurado à máquina na Tipografia Quelônio. Os poemas foram compostos em linotipia, um processo que produz matrizes em chumbo linha a linha, nas famílias tipográficas Life e Grotesca. O papel da capa, impressa com tipos móveis, é o Marcate Nettuno Polvere e os do miolo são Colorplus Tóquio e Rives Design Pale Grey. Tiragem de 300 exemplares. São Paulo, junho de 2019.